눈을
맞추다

눈을
맞추다

딱 하나뿐인 것들에 대한 이야기

김미나 지음

특별한서재

특
별
한

너
와

나

대체불가한 것의
품격

특별한
인생

삶을
헤아리는
방법

특별한 존재

／ 관계의
본질

특별한 너와 나

대체불가능한 것의 품격

나는 하나의 예술 작품입니다.

나는 매일 근사하지는 않습니다. 그렇지만 모든 예
술 작품이 근사하게 보여야 하는 건 아닙니다.
예술 작품이란 보는 이들에게 무언가를 느끼게 해주
면 되는 것입니다.

너와 나의 용기

큰일을 앞에 두고 두려움에 사로잡혀 있을 때,
뜻하지 않은 벽에 부딪혀 좌절했을 때,
아무리 열심히 노력해도 실패만 거듭할 때,
사람들은 "용기를 내라"고 합니다.
그럴수록 무릎 꿇지 말고 계속해서 앞으로 밀고 나
아가는 것이 용기라고 합니다.

온몸에 상처를 입고서도 적을 향해 포효하는 사자만
용감한 것이 아닙니다.
지친 하루의 끝에 자리를 털고 일어서며 "내일 다시
해봐야겠어."라고 말하는 용기, 비겁하게 도망을 치
다가도 머뭇거리며 다시 뒤를 돌아보는 용기, 막막
한 마음에 주저앉아 울고 난 뒤 다시 주섬주섬 자리

를 털고 일어서는 용기, 어이없이 변해버린 사랑에
마음이 부서지는 아픔을 겪고서도 다시 사랑을 믿어
보는 용기, 지난날의 부끄러운 순간들을 인정하고서
도 여전히 자신을 사랑으로 끌어안는 용기.
보통의 우리들이 가진 아주 특별한 용기입니다.

특별한 너와 나

쓸모 있는 사람과 필요한 사람

물건을 살 때 가끔은 갖고 싶은 마음이 동하는 바람에 내게 '필요해진' 것들을 삽니다 그것들이 꼭 '쓸모 있는' 것들은 아닐 때가 많지만 나의 '필요'가 꼭 '쓸모'와 동의어가 되어야 하는 건 아닙니다. 굳이 '쓸모'는 없을지라도 곁에 두고 보는 것만으로 좋은 것도 있습니다.

사람들은 '쓸모'에 집착합니다. '쓸모 있는' 것이 아니면 가치가 없으므로 그것에 들이는 돈과 시간을 낭비라고 생각합니다. 그리고 자라나는 아이들에게 '쓸모 있는 사람'이 되라고 가르칩니다.

오늘 하루 종일 생산적인 일이라고는 숨 쉬는 것밖에 한 것이 없는 청년 백수는 쓸모없는 사람일까요? 아이들을 사랑하지만 학원비를 제때 가져다주지 못하는 무능한 가장은 쓸모없는 사람일까요?

모든 이들은 태어나는 그 순간부터 세상에 있는 것만으로 누군가에게 힘이 되기에 꼭 '필요한' 소중한 존재들입니다. 함부로 '쓸모'라는 잣대를 들이대서는 안 됩니다.

내 인생에 '쓸모'가 있어서 곁에 둔 사람들은 그들의 인생에도 나의 '쓸모'를 재고 있습니다. 그래서 더 이상 '쓸모'가 없어지면 서로 버리고 버려지기도 합니다.

내 인생에 '필요한' 사람들이란 내가 가진 게 내 몸뚱이 하나뿐일 때도 그들의 인생에 내가 '필요한' 사람들입니다.

특별한 너와 나

나를 원하는 사람을 찾아 헤매거나 나를 원하지 않
는 사람 때문에 눈물바람을 하기엔 나의 삶은 너무
소중합니다.
나의 시간은 다른 누군가와 함께 있어 완벽해지는
것이 아니라 혼자서 완벽해져야 합니다.

잔디밭에 앉아 풀냄새를 맡으며 책을 읽고,
밤거리를 어슬렁거리며 산책을 하고,
카페에 혼자 앉아 내가 좋아하는 커피를 마시고,
욕조에 앉아 일기를 쓰고,
도서관에서 빌린 책을 읽고 난 뒤 짧은 감상문을 끼
워 넣고,
비싼 저녁을 먹을 돈으로 즐거운 기부를 하고,

오직 나만을 위해 한껏 멋을 내어봅니다.

내가 나와 함께 할 수 있는 일들은 셀 수 없이 많습니다.

그렇다고 인생이 마냥 낭만으로 가득 찬 것처럼 혼자 영화 속에서 살라는 게 아닙니다.

그저 혼자 있는 시간의 아름다움을,

나만을 위해 사는 시간의 행복을 즐기라는 거지요.

나는 나를 너무나 사랑하니까요.

나에 대한 정의定義의 품격

어떤 말이나 사물의 뜻을 규정하는 것을 '정의'라고
합니다. 그렇다면 나를 규정할 수 있는 '정의'에는 무
엇이 있을까요?

속옷 사이즈나 립스틱 색깔, 내가 입고 다니는 옷의
가격표나 가방의 브랜드가 나의 '정의'가 될 수 없고
내가 어떤 직업을 가지고 있는지, 얼마나 눈에 띄게
아름다운지, 팔굽혀펴기를 몇 개나 할 수 있는 사람
인지도 나의 '정의'랄 수는 없습니다.

음식을 정의할 때 우리는 음식이 담긴 그릇에 따라
음식의 이름을 붙이지 않습니다. 나를 규정할 수 있
는 것은 나라는 그릇 안에 담긴 내용물입니다.

그러나 그릇 안에만 있어서는 아무도 그것이 무엇인
지 알 수 없습니다. 출렁이며 밖으로 넘쳐흐를 때, 비

특별한 너와 나

로소 사람들은 나를 '정의'할 수 있게 됩니다.

내가 보여주는 웃음과 따뜻한 말 한마디, 사소한 행동 하나가 나를 규정하는 것들입니다. 나의 품격 있는 '정의'를 위해 내가 신경 써야 할 것은 그릇의 품격이 아니란 얘깁니다.

어른들은 아이들에게 '이상한 아이와 놀지 말라'고
가르칩니다. 아이들은 종종 "넌 참 이상한 아이야."
라며 서로를 따돌리기도 합니다.

무언가 별나게 다른 것을 보았을 때 사람들은 '이상
하다'는 말을 씁니다. 그래서 어릴 적부터 '이상한 사
람'이 되는 것을 경계해온 우리에게는 남과 다른 행
동을 하거나 남과 다른 사람이 될 기회가 별로 없었
습니다.

'이상한' 것이나 '다른' 것은 물 위에 뜬 기름처럼 섞
이지 못하는 불순물 취급을 당하기 일쑤입니다. 그
러나 단합이라는 건 마음과 힘을 하나로 뭉친다는
것이지 모든 이들이 똑같은 사람이 되어야 한다는
의미가 아닙니다.

평범한 것은 '뛰어나거나 색다른 점이 없으므로' 눈에 띄지 않고, 눈에 띄지 않으니 안전합니다.

안전한 길은 반듯한 포장도로처럼 편안하고, 행여나 길을 잃을 염려도 없습니다. 그러나 동시에 울퉁불퉁한 흙길과 달리 스릴이 넘칠 일도 없고, 뜻하지 않은 씨앗이 싹을 틔우고 꽃을 피울 여지도 없지요.

'미쳤다'고, '바보 같다'고, '삐딱하다'고 사람들이 말하는 건 손가락질이 아니라 칭찬입니다. 그건 내가 그들과 다른 사람이라는 증거이니까요.

어릴 적 당신은 어떤 아이였나요?

세상이 나에게 어떤 아이가 되어야 한다고 가르치기 전에 나는 어떤 아이였나요?
세상이 나에게 넌 무엇이 되어야 한다고 말하기 전에 나의 꿈은 무엇이었나요?

우리는 누구나 소중한 아이였고, 우리의 꿈은 저마다 특별했습니다. 세상이 나를, 그리고 내 인생을, 평균치대로 멋대로 재고 오려내기 전에 내가 어떤 사람이었는지 늘 기억해야겠습니다.

특별한 너와 나

"대체 불가능한 사람이 되려면 언제나 남들과 달라
야 한다."
20세기 초의 위대한 패션 디자이너 코코 샤넬이 한
말입니다.

6백만 원짜리 가방을 든다고 남들과 달라지는 게 아
닙니다. 비싼 명품을 걸쳤다는 자부심은 얼마든지
돈으로 살 수 있습니다.
"당신이 나에 대해 어떻게 생각하든지 상관없어요.
내가 당신 생각을 할 일이 없거든요."
진정으로 남들과 달라지기 위해 당신이 걸쳐야 할
것은 결코 돈으로는 살 수 없는 샤넬의 정신입니다.

나의 장례식에서 사람들은 나에 대해 무슨 이야기를
할까요?

"그녀는 정말 멋진 구두를 신고 다녔어." "그녀만큼
집을 꾸미고 사는데 공을 들인 사람도 없을 거야."
정도의 수준이라면 마무리는 이렇게 되기가 십상이
겠죠. "그래봐야 죽고 나면 그뿐이지."

도대체 사람들은 나의 무엇을 기억하게 될까요?

말기 암이었던 지인이 그랬습니다. 제일 무서운 것
은 기세등등한 암세포도 아니고, 뒤에 남겨질 가족
도 아닌, 아무도 나를 기억해주지 않을지도 모른다
는 두려움이라고 말입니다.

나는 지금도 가끔 그의 얼굴을 떠올립니다. 그가 나
의 기억에 그의 이름 석 자를 새겨놓고 간 것은 바로

그가 했던 말들이었습니다.

유난히 꾸밈새가 없던 그의 말들에서 전해져오던 따뜻한 온기와 냄새, 단어 하나하나의 무게와 질감이 나는 가끔 생각이 납니다.

나는 무엇을 얼마나 가졌던 사람인지가 아니라 어떤 사람이었는지로 남았으면 좋겠습니다. 다만 한 가지라도 두 번 떠올릴 만한 가치가 있는 기억을 남길 수 있는 사람이면 좋겠습니다.

꽃은 꽃이라서 예쁘다

꽃은 나란히 피는 꽃보다 더 예쁜 꽃을 피우려고
경쟁심을 품지 않습니다.
그저 혼자 피어날 뿐입니다.

특별한 너와 나

나에겐 내가 전부이고, 가장 중요합니다.
내 가족에게도 나는 세상에 하나밖에 없는 누구보다
도 소중한 사람입니다.
그래서 나는 특별합니다. 저마다의 모양새를 갖고
태어난 우리는 모두 특별한 사람입니다.

신조차 모른다

산다는 것은 나를 발견해가는 과정이 아니라, 나를 만들어가는 과정입니다. 나를 이 세상에 내보낸 신의 뜻을 알아가는 과정입니다.

그리고 그 신조차도 내가 마지막에 어떤 답을 완성할지 알지 못합니다. 나는 내가 만드는 대로 살아갈 것이기 때문입니다.

특별한 너와 나

'유사품'을 주의하세요

요즘 잘 나가는 아이돌 그룹들의 멤버를 뒤섞어 세워놓고 누가 누구인지 어느 그룹인지 맞춰보라고 하면 나는 볼 것도 없이 기권입니다. 다 비슷하게 잘생기고 다 비슷하게 예쁜 것이 내 눈에는 '똑같아' 보인단 말이지요.

며칠 전 지하철을 타고 가는데 건너편 자리에 우연히도 20대 초중반쯤의 비슷한 나이대로 보이는 여자들이 나란히 앉아 있었습니다. 그런데 놀라운 건 눈도 코도 입도 화장을 한 모양새도 머리 스타일도 입고 있는 옷도 서로 그다지 차이가 나지 않더란 겁니다. 언제부터 우리는 이렇게 서로를 '카피'하게 되었을까요?

한 저명한 경제학자는 자신을 남들과 구분 짓기 위해

명품에 집착하는 것은 다른 사람의 소비 행태에 영향을 받아 형성된 것이기에 '비합리적인 선택'이라고 지적했습니다. 남들과 다르고 싶어 하면서 세상이 그어놓은 부와 미의 기준을 '카피'하려고 안간힘을 쓰는 것은 결국 원래 태어날 때부터 남들과 달랐던 나를 외려 '유사품'으로 만드는 일입니다.

다른 어디에도 없는 나는 오롯이 이 세상에 하나뿐이기에 특별합니다. 그러니 내가 남과 다른 것을 두려워할 이유가 없습니다. 오히려 남과 똑같아지는 것을 두려워해야 합니다.

특별한 너와 나

반짝이는 흠

일본에서는 금이 가거나 깨진 도자기를 수리할 때 종종 금을 사용해서 그 흔적을 그대로 남긴다고 합니다. 그 흔적마저 그 도자기가 걸어온 역사이기 때문입니다.

언제 깨진 적이 있었냐는 듯 부서진 자국을 감쪽같이 지우느라 전전긍긍할 필요가 없습니다. 남겨진 흠은 흠이 아니라 나만의 특별한 아름다움을 더해주는, 반짝이는 나의 역사이기 때문입니다.

나를 기른 슬픔

나는 왜 이것밖에 안 되는 사람일까, 스스로에게 가
혹해지려는 순간 생각해봅니다.
나 자신을 있는 그대로 사랑하려면
지금의 나를 만들어낸 것들을 미워할 수 없습니다.
나의 부족함은 나를 전보다 더 부지런하게 만들었고,
나의 슬픔은 나를 전보다 더 지혜롭게 만들었으며,
나의 고통은 나를 전보다 더 강하게 만들었고,
나의 증오는 나를 전보다 더 너그럽게 만들었습니다.
그리고 이 모든 것들에도 불구하고
나는 여전히 만들어지고 자라는 중입니다.
아, 나는 이렇게도 특별한 사람입니다.

나의 피부는 울퉁불퉁하고 가시처럼 날카로워서 아무
렇게나 나를 붙잡고 흔들다가는 다칠지도 모릅니다.
나는 높다란 왕관을 쓰고 한 번도 나의 긍지를 잃은
적이 없습니다. 겉으로 보기에 보잘것없어도 나의
속은 더없이 찬란하고 달콤합니다.
나는 파인애플 같은 사람입니다.

사람들로 가득 찬 방 안으로 들어서며 내가 이들 중
에서는 그래도 제일 낫다고 생각하는 것은 자신감이
아닙니다.

진정한 자신감은 애초부터 자신을 그 누구와 비교
할 생각을 하지 않는 것입니다. 그래서 자신감이 넘
치는 사람은 남을 질투하거나 부러워하지 않습니다.
자신이 얼마나 괜찮은 사람인지 잘 알기에 다른 누
군가를 미워할 이유가 없는 것입니다.

자신감이 넘치는 사람은 주위의 상황에 일일이 반응
하지 않습니다. 하이에나가 사자 주위를 돌며 아무
리 기괴한 소리로 킬킬거려도 사자는 눈도 깜짝하지
않는 것처럼 말입니다.

현실의 인생은 감동적인 영화도, 극적인 드라마도 아닙니다. 위기의 순간이 닥쳐도 아무도 우리를 구하러 오지 않을 것입니다. 그러니 우리가 스스로 알아서 빠져나갈 궁리를 해야 합니다.

필요한 것이 있어도 아무도 우리에게 무언가를 거저 주려고 하지 않을 것입니다. 그러니 밖으로 나가서 스스로 싸워 얻어내야 합니다. 자신 말고는 아무도 내가 무엇을 원하는지, 그 마음이 얼마나 간절한지 알지 못합니다. 내가 그것을 얻는데 실패한다고 해서 아무도 나만큼 안타까워해주지 않을 것입니다.

그러니 구원을 받으려면 스스로 포기하지 않는 방법 밖에 없습니다.

낙관적인 사람과 비관적인 사람,
그리고 긍정적인 사람

물이 반쯤 찬 잔을 보고 잔에 물이 반이나 남았다고
하면 낙관적인 사람, 물이 반밖에 남지 않았다고 하
면 비관적인 사람이라고 합니다.
그렇지만 그보다 중요한 사실은 잔의 물이야 언제든
다시 채워 넣으면 그만이라는 것이 아닐까요?

특별한 너와 나

나에 대한 예의

더불어 사는 세상에서 예의를 지키는 삶은 중요합니다. 예의를 지킴으로 하여 남을 존중하는 마음을 드러내고 사려 깊게 행동하는 법을 알게 되기 때문이지요.

그런데 정작 나에 대해서는 얼마나 예의를 지키며 살고 있을까요? 남에 대해서는 한껏 할 도리를 다하면서 나를 대하는 일에는 '그냥 대충하면 돼.'하고 넘어갑니다.

남에게 차마 하지 못하는 험한 말을 자신에게는 스스럼없이 하고, 남에게는 너그럽게 대하면서 자신의 못난 점은 벼랑 끝까지 몰아붙이며, 남의 가난은 너의 잘못이 아니라 하면서 나의 가난은 단 한순간도 그 비루함을 참을 수가 없고, 남을 위해서는 아무

리 귀찮아도 오첩반상을 차려내면서 고단한 하루를
보낸 자신을 위해서는 차가운 편의점 김밥이 전부라
면, 나는 나의 인생에 사과부터 해야 합니다.

이렇게 열심히 살고 있는 나는 존중받을 자격이 없
는 것일까요? 나조차 나를 함부로 대한다면 그 누구
에게도 나에게 예의를 갖추라 바랄 수 없습니다.

특별한 너와 나

나는 다른 누군가보다 더 나은 사람이 되는 게 아니라 어제의 나보다 조금 더 나은 사람이 되는 것이 목표입니다. 남이 나를 어떻게 생각할지가 아니라 어제의 내가 오늘의 나를 어떻게 생각할지가 걱정입니다. 타인의 시선이야말로 내가 나를 가둘 수 있는 가장 견고한 감옥입니다.

세상에서 제일 쓸데없는 짓

능력 있는 직원이라는 칭찬을 듣지만 입사 동기 중에 나보다 실적이 좋은 놈은 꼭 있습니다.

성적표 때문에 꾸지람을 들은 적은 없지만 설렁설렁하는 데도 나보다 성적이 좋은 친구가 꼭 있습니다.

재능 있는 음악가라는 평을 듣지만 오늘 우연히 간 연주회는 한숨이 나올 정도로 멋졌습니다.

나름대로 안정적인 삶을 살고 있다고 믿고 있지만 학부모 모임에 가보니 우리 집은 그저 뒤처지지 않는 정도입니다.

그러니 살면서 애써 남과 나를 비교할 필요가 있을까요? 어차피 '나보다 나은 사람'은 꼭 있을 텐데 말입니다.

내가 어떤 사람인지 말하지 않아도

인간성에 대해 가장 많은 것을 가르쳐주는 것은 언제나 인간이 아니라 동물입니다.

말을 하지 못하고 인간에게 위해를 가할 줄 모르는 나약한 동물을 어떻게 다루는가를 보면, 그 사람이 어떤 사람인지 백 가지의 질문과 답변에서보다 더 많은 것을 알 수가 있습니다.

하루 종일 우울하고 힘든 마음이 가시지 않아 일찌
감치 자리에 누웠더니 한밤중에 눈이 떠졌습니다.
사위는 바다 속 같은 적막에 잠겨 있습니다. 슬금슬
금 다시 끓어오르기 시작하는 내 안의 동요에 화기
가 치밀어 오릅니다. 이불 밖으로 손을 내미는데 문
득 손끝에 폭신폭신한 털 뭉치가 닿습니다.

거침없이 살아질 것 같았는데 예상치 못한 가시에
대차게 찔릴 수도 있고, 눈부시게 빛나던 날들이 한
치 앞도 보이지 않는 안개 속이 될 수도 있고, 세상
모든 이들이 내게서 등을 돌릴 수도 있을 테지만, 내
곁에 친구가 하나도 남지 않는 날만은 결코 오지 않
을 것입니다.

나에게는 나의 고양이가 있기 때문입니다.

특별한 너와 나

친구는 내가 허락한 때에만 나의 삶에 끼어 들 수 있습니다. 그러나 나의 고양이는 허락이 필요치 않습니다. 나의 가장 감추고 싶은 순간마저도 가리지 않고 끼어듭니다. 남몰래 누군가의 위로가 필요한 때, 나는 그렇게 나의 고양이가 말없이 내민 손을 가만히 잡고 다시 깊은 잠 속으로 빠져듭니다.

그 무엇도 대신할 수 없는 너

3개월 된 나의 개를 처음 봤을 때, 하얗고 조그만 그 얼굴은 정말로 깨물어주고 싶도록 앙증맞았습니다. 6개월이 된 녀석은 내가 아끼는 신발의 반을 먹어치웠습니다. 한 살이 되자 나의 개는 몰라보게 몸집이 불어났습니다. 그리고 두 살이 되자 지랄도 때가 있다는 말을 증명이라도 하듯 못 말리는 말썽쟁이가 되었습니다. 다섯 살이 될 즈음 우리는 눈빛만 봐도 통하는 베스트 프렌드로 절대 떨어질 수 없는 사이라는 걸 알았습니다. 그런데 열네 살이 된 나의 개가 이제 나를 떠날 준비를 합니다.

인간에 비해 개들의 수명은 아주 짧습니다. 그러니 개를 키울 마음을 먹는다는 것은 개가 주는 일상의 크고 작은 즐거움을 누리는 동시에 미래에 필연적으

로 닥치게 될 깊은 슬픔도 받아들일 각오가 되어 있다는 뜻입니다.

개는 인간에게 사랑을 가르쳐주기도 하지만 그와 더불어 진정한 상실에 눈을 뜨게 만들기도 합니다. 사랑하는 개를 잃으면서 사랑한 만큼 아프다는 것이 어떤 것인지 비로소 알게 되기 때문입니다.

그렇다고 새로운 개가 떠난 개의 빈자리를 대신할 수는 없습니다. 다만 내 마음속에 자리 하나를 더 마련하기 위해 울타리를 넓히는 법을 배우게 할 뿐이지요.

특별한 너와 나

어떤 이들은 '개는 개일 뿐이야'라고 합니다. 맞는 말
입니다. 개에게는 오로지 개만이 할 수 있는 일이 있
습니다.

개는 내가 자신에게 모진 짓을 해도 나를 미워하지
않습니다. 매질에 숨넘어가는 비명을 지르다가도 주
인이 다시 나타나면 반갑다고 꼬리를 흔드는 바보가
개입니다.

나는 개를 버릴 수 있지만 개는 나를 버리지 못합니
다. 자신을 버리고 간 주인조차 끝까지 애달프게 그
리워하는 바보가 나의 개입니다.

사람은 개에게 상처를 줄 수 있지만 개가 사람에게
상처를 주는 일은 없습니다. 나의 개가 나에게 상처
를 주는 유일한 순간은 일생에 단 한 번, 무지개다리

를 건널 때 뿐입니다.

그리고 언젠가 나 역시 그 마지막 문 앞에 섰을 때,
자신의 생의 모든 날들에 그러했듯 그 문 너머에서
오로지 내가 나타날 때를 하염없이 기다리고 있을
바보가 바로 나의 개입니다.

그런 사랑

세상에 공짜는 없다고 합니다. 사랑도 공짜가 아닙니다. 누군가의 사랑을 얻기 위해서는 신경을 쓰고, 시간을 들이고, 노력을 해야 합니다. 값으로 따질 수 없을 만큼 비싼 마음을 그리 덥석 내줄 수는 없는 일이니까요.

그런데 어떤 사랑은 내가 아무런 공을 들이지 않는데도 내게로 옵니다. 심지어 내 사랑이 완전히 식어버렸을 때조차 결코 나를 향한 마음을 거두지 않습니다. 그렇게 화수분 같은 사랑을 주면서 아무런 대가도 바라지 않습니다.

온전히 나만을 바라보고 있는 강아지와 고양이의 두 눈 속에서 나는 그런 사랑을 마주합니다.

할머니의 마지막 아이

손바닥만 한 크림색 치와와는 내가 초등학생 때 처음 우리 집에 와서 대학생이 되도록 함께 살았습니다. 개가 가장 사랑하던 사람은 바로 할머니였습니다. 개와 뽀뽀를 하거나 개를 방에 들이는 일을 질색하셨지만 가족들 중 개와 가장 많은 시간을 함께 보냈기 때문입니다.

그러던 어느 더운 여름날, 개는 급작스러운 장염으로 거짓말처럼 세상을 떠나버렸습니다. 그날 할머니는 숨을 잘 쉬지 못하고 헉헉거리던 개를 황급히 아파트 지하실 계단 모퉁이로 옮겨다놓았습니다. 집 안에서 죽으면 부정을 타서 안 된다는 것이었습니다. 장을 담그실 때 도와드리려고 해도 혹시 달거리 중이냐고 꼬치꼬치 물으시고, 집 안에서 우산만 펴

특별한 너와 나

도 부엌이 떠나가라 호통을 치시던 할머니였습니다. 그래도 한 식구인데, 저렇게 아픈데, 어떻게 집에서 내보낼 수 있는지 참 매몰차다 생각했습니다.

그런데 개를 내다놓으러 나가신 할머니가 한참 동안 집으로 돌아오지 않으셨습니다. 다시 할머니가 문을 열고 들어섰을 때 나는 개가 죽은 것을 알았습니다. 나는 그제야 더 이상 움직이지 않는 개에게로 가서 울며 작별 인사를 할 수 있었습니다.

다음날 아침 눈을 떠보니 할머니가 보이지 않았습니다. 산에 가셨다고 했습니다. 팔순이 훌쩍 넘은 할머니는 동도 트기 전에 일어나 장롱 깊숙이 모아놓은 비단천 중에 제일 좋은 것을 꺼내어 개를 싸안고 그 길로 산으로 가셨다고 했습니다. 엄마가 한사코 말리는 것도 듣지 않고 조용하고 깨끗한 땅에 묻어주어야 한다고 어둠에 잠긴 새벽길을 나섰다고 했습니다. 해가 중천에 떠서야 집으로 돌아온 할머니는 말없이 점심을 드셨습니다.

나는 개의 마지막 순간을 지켰던 할머니가 어떤 마음이었는지 알지 못합니다. 할머니가 개의 마지막 잠자리를 찾아 얼마나 먼 길을 헤맸는지 모릅니다. 할머니가 개에게 어떤 마지막 인사를 했는지도 모릅니다. 그렇지만 나는 할머니의 그늘진 얼굴을 물끄러미 바라보며, 그날 할머니가 마지막 아이를 잃었다는 것만은 알 수 있었습니다.

친부모에게서 버림을 받은 유기아遺棄兒란 문제가 있는 아이란 의미가 아닙니다. 그저 미성숙한 부모와 환경에 의해 상처를 받은 아이일 뿐입니다.

주인에게서 버림을 받은 유기견遺棄犬이란 문제가 있는 개란 의미가 아닙니다. 그저 인간에 의해 한 번 상처를 받은 개일 뿐입니다.

버려진 동물을 구한다고 세상을 구하는 건 아닙니다. 아픈 동물을 돌본다고 아픈 사람들이 넘쳐나는 세상의 시름이 줄어드는 것도 아닙니다. 그러나 동물과 인간이 함께 살아가는 세상이 조금은 좋아지는 일이라고 믿습니다.

개를 정말로 좋아하지만 혼자 살기 시작하면서부터
는 개를 키울 수가 없었습니다. 일이 바쁘다 보니 매
일 물에 젖은 솜처럼 피곤에 흐느적대며 집으로 돌
아왔고, 집에서는 자기 바빴고, 아침에는 다시 허겁
지겁 출근을 했던 삶이었습니다. 개를 키우면 먹고
사는 일에 상처받는 내 마음에 위로가 될 것 같았지
만 나만 바라볼 개에게 나의 바쁜 삶은 상처만 될 것
같았습니다.

어릴 적 우리 집 막내였던 개는 아파트 주차장에 아
빠가 차를 세우는 소리조차 귀신같이 알아듣고 현관
문 앞에 엉덩이를 딱 붙이고 대기를 했더랬습니다.
엄마가 집 앞 가게만 나갔다 와도 일주일은 못 본 것
처럼 오두방정을 떨며 반겨주곤 했습니다.

가족이 대문을 열고 집을 나서는 그 순간부터 개들은 오로지 그 문으로 다시 가족이 돌아오기만을 기다립니다. 사람의 하루는 개의 열흘과 맞먹는다고 합니다. 그러니 개는 열흘 동안 꼬박 가족들을 기다린 것입니다. 그리고 행복한 재회의 밤이 지나가고 아침이 되면 또다시 열흘을 기다림으로 보냅니다. 그렇게 개들은 아무리 길어야 20년을 넘지 못하는 그 짧은 생의 대부분을 오로지 가족을 기다리는 데 씁니다.

그러니 개를 제대로 돌보지 않는다는 것은 그런 개의 시간을, 온전히 당신에게 기대고 있는 하나의 목숨이 가진 생을 하찮게 여기는 것과 같습니다.

당신이 나를 예뻐해야만 하는 과학적인 근거

15분 동안 개를 쓰다듬고 난 뒤 당신에게 일어날 수 있는 일들.

첫째, 혈압이 10퍼센트 가량 떨어집니다.

둘째, 기분을 좋게 만드는 세로토닌이 분비됩니다.

셋째, 스트레스 호르몬인 코르티솔 수치가 떨어집니다.

넷째, 불안이 잦아듭니다.

다섯째, 만족감과 안정감을 느끼게 해주는 도파민 분비가 늘어납니다.

특별한 너와 나

'개엄마'가 못마땅한 그대에게

반드시 핏줄로 이어진 누군가에게만 엄마가 될 수 있는 건 아닙니다.
엄마가 된다는 건 누군가를 아무런 조건 없이 사랑하고 온 마음을 다해 품는다는 뜻입니다.
그리고 그 누군가가 꼭 사람이어야만 한다는 법은 없습니다.

너를 두고 나만 이사를 가버리는 일은 없을 거야. 너를 배고프게 하지 않을 거야. 너를 다치게 하지도 하지 않을 거야. 네가 나를 화가 나게 하는 일이 있어도 네가 미워지지는 않을 거야. 네가 나를 힘들게 해도 너를 짐이라고 생각하지 않을 거야. 네가 나이가 들었다고 해서 너를 버리지 않을 거야. 네가 눈이 멀거나 걷지 못하게 되더라도 널 떠나지 않을 거야. 네가 숨을 거두는 마지막 순간에 네 곁에서 너를 꼭 안아줄 거야.

왜냐하면 나는 너를 사랑하니까. 너는 나의 가족이니까.

부작용이 없는 최고의 항우울제

하루에 스무 시간은 잠에 빠져 사는 고양이 한 마리가 백 가지 항우울제보다 나은 약효를 발휘하기도 합니다. 일단 아무렇게나 늘어져서 자고 있는 고양이를 가만히 쳐다봅니다. 그러다보면 마음이 평화로워지면서 저절로 눈이 슬금슬금 감기는 증상이 나타날 것입니다. 고양이와 같이 살다 보면 나도 모르는 사이에 잠과 친해집니다.

수면 시간이 부족하면 감정조절 능력이 떨어지면서 남자들의 40퍼센트가 자살 충동이 증가하고, 여자들은 난소 호르몬의 직접적인 영향으로 70퍼센트가 우울감이 심해진다고 합니다. 그러니 온갖 부작용을 감수해야 하는 항우울제에 앞서 말랑말랑한 식빵 같은 고양이와 식구가 되어보는 것도 좋은 방법입니다.

친구의 개가 스무 살이 되었습니다. 사람으로 치면
백 살이 넘은 거라고 합니다. 사람도 개도 노년이 건
강한 것이 복이건만 그 개는 치매에 걸린 지 이제 일
년이 넘어갑니다.

영민하고 잠시도 가만있지 못할 만큼 에너지가 넘치
던 개는 어느 날부터인가 배변 실수를 자주 하고 멍
한 표정을 짓는 시간이 늘어나더니 아무 이유 없이
한참 동안 제자리에서 맴을 돌기 시작하더랍니다.
알고 보니 치매증상이었습니다.

인지능력의 장애는 날이 갈수록 심각해지고 더 이상
눈도 보이지 않게 되었습니다. 친구의 개는 평생을
살아온 집 안에서 길을 잃기도 합니다. 낮에 자고 밤
에 깨어 있는 개 때문에 친구는 밤에 제대로 잠을 자

특별한 너와 나

지 못하고, 24시간 사람의 손길이 필요한 개 때문에 마음대로 집을 비울 수도 없고, 배변 조절이 안 되는 개 때문에 매일 같이 이불 빨래를 해댑니다.

개 '때문에' 자신의 건강까지 해쳐가며 언제 끝날지 모를 그 '고생'을 하는 친구에게 위로의 말을 건넸습니다. 그랬더니 친구는 나에게 치매 때문에 볼품없이 살이 빠지고 잘 걷지도 못하는 개의 사진들을 보여주며 예쁘다고 웃습니다. 생의 의지가 대견하다고 합니다.

그때 알았습니다. 친구는 개 '때문에' '고생'을 하고 있는 게 아니라 가족인 개를 '위해서' 합당한 '노력'을 하고 있다는 것을 말입니다.

인간이든 개든 고양이든 토끼든 태어나고 사그라지기까지 한 생명이 갖는 무게는 똑같습니다. 이 세상에 하찮게 태어나는 것은 아무 것도 없습니다. 모든 생명이 저마다 귀하나 그중에서도 나와 가족의 연으로 묶인 생명은 더욱 특별합니다. 그러므로 함께 보내는 날 동안 서로를 지켜주고 끝까지 포기하지 않는 것이 도리입니다. 너 '때문에' 내가 견뎌야 하는 것이 아니라 너를 '위해서' 내가 견딜 수 있는 것입니다.

누군가를 책임진다는 것은 그렇게 한 생명의 일생이 가진 무게를 짊어지고 감당하는 일입니다. 그렇게 마지막 순간까지 최선을 다한다고 해도 죽음이 만들어낸 빈 자리조차 조금도 가벼워지지 않는 것이 바로 가족입니다.

가끔 나의 개가 나에게 가르쳐주는
사소한 것들

때로는 그저 먹고 자고 해도 괜찮아요. 누가 나와 놀아주지 않는다고 해서 절망하지 않아요. 혼자서도 얼마든지 재미있게 놀 수 있으니까요. 내 덩치가 크건 작건 그게 무슨 상관인가요. 싸워야 할 상대를 만나면 용감하게 덤비고 보는 거예요. 나이를 얼마나 먹었든지간에 귀여움을 떠는 새로운 방법을 개발해내요. 사랑하는 사람을 웃게 만드는 건 나에게 아주 중요한 일이니까요. 세상은 궁금한 일과 궁금한 사람 투성이에요. 낯선 이에게조차 다정하게 굴면 친구가 될 수 있어요. 사랑하는 사람이 집에 오면 무조건 하던 일을 팽개치고 달려가서 반갑게 맞아줘요. 그날 무슨 일이 있었건 하루의 마침표로 사랑하는 사람의 품속을 파고드는 것만큼 좋은 건 없어요.

특별한 인생

삶을 헤아리는 방법

인생 시험

인생은 신이 내린 가장 어려운 시험입니다. 미리 시험공부를 할 수 없는 시험이라는 게 함정이지요. 사람들은 남보다 조금이라도 더 좋은 점수를 받으려고 혈안이 됩니다.

그런데도 많은 이들이 이 신의 시험에 실패를 하는 이유는 남의 답안지를 베끼려고 하기 때문입니다. 시험문제가 각자 다르다는 걸 깨닫지 못한 채 말입니다. 이것은 낙오자를 가려내기 위한 시험이 아니라 우리 모두를 저마다 다음 단계로 끌어올리기 위한 시험이기 때문입니다.

특별한 인생

着하게 살면 복이 올까

어른들의 훈계 중에 단골로 등장하는 것 중 하나가
'사람은 착하게 살아야 한다'입니다.
동서고금을 막론하고 각종 전설과 민화, 동화책의
핵심은 권선징악이지요. 자고로 착하게 살아야 복을
받는 것인데 문제는 착하게 살다가 복을 받기까지
주인공이 감수해야 할 고통이 상당하다는 것입니다.
그리고 그보다 더 큰 문제는 복을 받을 날을 기다리
며 꾹꾹 참고 살기만 하다 거기서 끝나버릴 수도 있
다는 것입니다.
그리고 동화책은 대충 이렇게 막을 내립니다. '결국
그들은 천국에서 행복하게 잘 살았다.'
'착하게 사는' 게 어떤 걸까요?
내가 아무리 힘든 상황일지라도 남한테 손가락질 받

을 일을 절대로 하지 않고, 나도 어렵지만 나보다 더 어려워 보이는 사람을 그냥 지나치지 못하고, 나의 안위만을 위한 거짓말을 용납하지 않으며, 내가 손해를 보더라도 옳은 일을 선택하는 것일까요?

그렇게 '착하게 사는' 건 너무 어렵습니다. 친구를 도와주다 정작 제 할 일을 못할 정도로 착한 아이라 해도 어른이 되어 살다 보면 가끔은 양심을 속일 때도 있고, 거짓말을 할 때도 있으며, 보고도 못 본 척 넘어갈 때도 있고, 남에게 욕을 먹을 때도 있습니다. 그건 내가 더 이상 착한 사람이 아니어서가 아니라 그저 자연스럽게 세상의 때가 좀 묻었기 때문입니다.

늘 착하지 않아도 괜찮습니다. 착하게 살기 위해 노력해온 나에게 세상은 왜 이렇게 가혹하기만 하냐고 억울해하느니 나의 행복을 희생하지도 말고 남의 행복을 크게 해치지도 않는 '소소한 나쁜 놈'으로 사는 게 낫습니다. 내가 공평하면 세상도 공평할 것이라고 기대하는 것은 어리석은 짓입니다. 그건 마치 내가 사자를 잡아먹지 않았으니 사자도 나를 잡아먹지 않을 거라고 기대하는 것과 똑같습니다.

특별한 인생

영원의 길이

동화 '이상한 나라의 앨리스'에서 앨리스가 묻습니다.
"영원이란 얼마나 긴 거야?"
그러자 흰 토끼가 대답합니다.
"음, 때로는 1초에 불과하지."

'영원'이란 시간을 초월하여 지속적으로 변하지 않
는 것을 뜻합니다. 무언가 변하지 않고 이어질 수 있
는 시간이란 얼마나 될까요?
사랑의 영원은 삼 년,
꽃의 영원은 열흘,
마지막 숨을 내쉬는 인간에게 생의 영원은 1초에 불
과할 수도 있습니다.

가을이 아름다운 이유

가장 좋아하는 계절을 꼽을 때 '가을'을 꼽는 이들이 많습니다. 여름의 열기가 걷힌 서늘한 공기와 새파란 하늘, 도심의 길바닥을 덮은 샛노란 은행잎들과 색동옷을 입은 산, 무엇 하나 아름답지 않은 것이 없습니다.

그런데 유독 가을이 이토록 화사하다니 기이하기 짝이 없습니다. 사실은 모든 목숨들이 생을 다해가고 있는 계절인데 말이지요.

한창 피어나는 것들의 약동하는 푸르른 생기는 그 자체로 아름답습니다. 그러나 그보다 더 아름다운 것은 짧지만 현란한 황혼의 깊이입니다.

늙어간다는 것은 죽어가는 것이 아니라 익어가는 것이기 때문입니다.

 특별한 인생

나이의 숫자의 의미

외국에서 살다 보면 나이에 대해 갈수록 무감해집니다. 아무도 나이를 묻지 않기 때문입니다. 그 대신 '당신은 무슨 일을 하고 무엇을 좋아하느냐'가 대화의 물꼬를 트는 기본입니다.

그런데 한국에서는 일단 '나이가 얼마나 되느냐'를 묻고 대화를 시작합니다. 한국어의 특성상 존칭과 단어 선택에 신경을 쓰기 위해서라고 합니다. 그런데 말을 낮추고 높이는 것이 그 숫자에 따라 정해지는 것이던가요?

상대가 나보다 나이가 많아 보이든 적어 보이든, 심지어 아무리 가까운 친구라고 해도 우리는 모두 서로에게 적당한 거리와 예의를 갖추어야 하는 사이입니다. 그러니 예의를 갖추기 위해 만들어진 것이 존칭

특별한 인생

이라면 군이 나이를 따져 묻지 않아도 되겠지요.

그래서 나는 처음 누군가를 만났을 때 군이 상대방의 나이를 묻지 않습니다. 그 대신 상대가 그동안 얼마나 많은 특별한 사람들을 만났고, 얼마나 많은 기억에 남는 것들을 보았으며, 얼마나 많은 곳을 돌아다녔고, 얼마나 많은 신나는 일들을 했는지 묻습니다.

그리고 생각하지요.

아, 당신은 그만큼 나이를 먹은 거로군요.

8만 6천 4백 원

어제도, 오늘도, 내일도, 매일 아침마다 8만 6천 4백 원이 든 체크카드가 당신 앞으로 배달된다면 무엇을 하시겠습니까?
매일 아침 눈을 뜨자마자 내 손에 새로운 8만 6천 4백 초가 쥐어집니다. 어디에 쓸지는 온전히 나의 선택에 달렸습니다.

내게 벌어진 괴롭고 슬픈 일들이 쇳덩어리처럼 나를 짓누릅니다. 아무리 애를 써도 결코 잊어지지 않는 기억들이 내내 나를 따라다닙니다.

내가 끌어안고 살아야 할 그 쇳덩어리를 발목에 두른다면 평생의 족쇄가 되지만 가슴에 두른다면 내 심장을 단단하게 지켜줄 평생의 갑옷이 될 것입니다.

오직 하나인 길

사람들은 내게 왜 늘 어렵고 힘든 길로만 가느냐고
묻습니다. 어째서 그들은 내가 두 개의 길을 보고 있
다고 생각하는 걸까요?

남들 눈에는 내가 제대로 된 길을 찾지 못하고 괜히
이리저리 방황하고 있는 것처럼 보일지 모릅니다. 그
렇지만 사실 그 두 번째 길이란 당신이 그려놓은 길
일 뿐, 나에게 내가 가고 싶은 길은 오직 하나입니다.

특별한 인생

사람들은 평범하게 사는 게 제일 어렵다고 합니다.
남들 사는 것처럼만 사는 게 소원이라고 합니다. 그
래서 남들 같은 집에 살고, 남들 같은 직장에 다니고,
남들 같은 차를 타고, 남들 같은 살림을 꾸리며 표나
게 뒤처지지 않고 남들만큼 살기 위해 죽을힘을 다
합니다.

그런데 나는 지금 어디를 보고 있나요?

그렇게 평생 남들만 바라보고 살다가는 내가 얼마나
깜짝 놀랄 만큼 멋진 사람인지 결코 모른 채 죽게 될
지도 모릅니다.

삶의 자동항법장치

익숙하고 안전한 길로만 다니는 데에는 아무런 노력
도 필요하지 않습니다. 그렇게 작년 같은 올해, 올해
같은 내년을 수십 번 반복하며 살고 나서 그것이 나
의 '인생'이었다고 말하게 될지 모릅니다.

매일의 일상 중에서 무언가를 바꾸지 않고는 삶을 바
꿀 수 없습니다. 자동항법장치를 끄고 어제까지 다니
던 길에서 벗어나지 않는 한 이제껏 한 번도 보지 못
한 멋진 것을 발견하는 일은 일어나지 않습니다.

사람들은 남에게 대접을 받는 특별한 인생을 꿈꾸지만 나는 나에게 특별한 인생을 꿈꿉니다.

끝내 아무것도 빛나는 것을 이루지 못하면 어떻습니까. 그토록 원하는 것을 결국 갖지 못하면 어떻습니까.

나는 최선을 다해 내가 좋은 선택을 하고, 그 선택이 가져온 결과를 기꺼이 견뎌내고, 나의 선택에 점수를 매기려드는 남들의 시선에 비굴해지지 않으려고 애쓸 것입니다. 그리고 나와는 다른 당신의 선택에 굳이 점수를 매기려 달려들지도 않을 것입니다.

나는 완벽한 나의 인생을 살 테니
당신은 완벽한 당신의 인생을 살면 됩니다.

인터넷이 깜빡깜빡 말썽을 부릴 때에는 공유기를 껐다가 켭니다. 컴퓨터가 갑자기 말을 안 들을 때에도 껐다가 다시 켭니다.

사람도 예외가 아닙니다. 잠시라도 껐다가 켜는 것이 상책입니다.

시끄럽고 복잡한 세상을 잠시 떠나 있고 싶을 때 사람들은 일부러 깊은 산속이나 조용한 바닷가, 경치좋은 시골 마을을 찾습니다. 아름다운 자연에 위로를 받으며 머리를 쉬고 마음을 쉬다 보면 내게 안식이 찾아오겠지, 하고 기대를 합니다.

그러나 그곳에서 찾은 평화란 사실, 괴로운 현실에서 벗어나지 못하고 두 발이 묶여 있을 때조차 원래당신 안에 있던 것입니다.

일 년 삼백육십오 일 중 내 마음대로 할 수 없는 날
이 이틀이 있습니다. 하나가 '어제'이고 또 다른 하나
가 '내일'입니다.
그러니까 오늘이야말로 마음껏 사랑하고, 마음껏 웃
고, 마음껏 읽고, 마음껏 보고, 마음껏 살기에 딱 적
당한 날입니다.

 특별한 인생

결정 장애에 대한 처방전

결정 장애란 자기 자신을 믿지 못하는 데서 오는 병입니다. 그러니 남의 말을 더 신뢰하고 내가 아닌 남의 선택을 따라갑니다. 그런데 결국 책임은 고스란히 내가 지게 되는 것이 이 병의 고약한 점입니다.
그러니 살까 말까, 갈까 말까, 할까 말까. 아무리 머리가 터지도록 생각해봐도 어느 한쪽으로 마음이 기울지 않는다면 그 선택은 나의 것이 아닙니다.

어렵고 힘든 일이 있을 때 사람들은 자꾸 '희망을 가지라'고 합니다. 나에게는 보이지 않는 희망이 그들의 눈에는 보이는 것 같습니다.

사람들이 희망을 포기하는 가장 일반적인 방법은 희망이 없다고 생각하는 것입니다.

어떤 이야기이든 주인공이 희망을 잃는 법은 없습니다. 그러니 내가 주인공이 되기를 포기한다면 결국 남의 이야기에 등장하는 조연으로 살아가게 될 뿐입니다.

빵점짜리 인생이 되지 않기 위해

시험을 치다 보면 한두 문제는 꼭 헷갈리는 게 나옵니다. 그때마다 음, 시간을 두고 생각하면 좀 더 확실해질 거야, 하고 다음 문제로 넘어갑니다.

그런데 한번 아리송한 문제는 끝까지 아리송하지요. 인생에서도 마음이 갈팡질팡해서, 혹은 골치가 아파서, 다음에 다시 생각하자고 넘기는 질문들이 생겨납니다.

그렇게 매번 답을 유예하다 보면 결국 내 삶이 빵점을 맞을지도 모릅니다. 언제 끝나버릴지 알 수 없는 시험이기 때문입니다.

그러니 자, 이제 심호흡을 하고, 결정을 내려야 할 순간입니다.

특별한 인생

이 사람이 정말로 내가 원하는 사람인가?

이것이 내가 정말로 하고 싶어 하는 일인가?

나는 최선을 다하고 있는가?

나는 지금 이 고비를 넘기고 더 강해질 수 있는가?

나는 정말로 행복한가?

여든아홉 가지의 쓸데없는 걱정

내가 가진 걱정거리 아흔아홉 가지 중에 여든아홉 가지는 내 머릿속에서 나오는 것입니다. 온갖 경우의 수를 생각하고 그 결과를 예측해서 만들어낸 완벽한 시나리오들이지요.

그런데 한 가지 결정적인 흠이 있다면 내가 지금 당장 그것들을 걱정해야 할 하등의 논리적인 이유가 없다는 것입니다.

이렇게 태어난 것은 어쩔 수 없는 것이었지만,
이렇게 사는 것은 나의 선택입니다.
어쩌다 넘어진 것은 어쩔 수 없는 사고였지만,
지금까지도 넘어진 채로 주저앉아 있는 것은 나의
선택입니다.

신은 어디에 있을까

어려운 일이 닥쳤을 때
내 힘을 벗어난 용기가 필요할 때
신은 도대체 어디에 있는지
왜 침묵하고 있는 건지 궁금하다면
시험을 볼 때
선생님은 늘 조용히 우리를 지켜보고 있다는 것을
기억하세요.

특별한 인생

누군가 나에게 후회되는 일이 무엇이냐고 묻는다면 나는 후회되는 일은 없고 궁금한 일은 있다고 답하 겠습니다.

사람이 살면서 어떻게 후회가 없을 수가 있냐고 한 다면 나는 이렇게 묻겠습니다.

"당신은 일부러 잘못된 결과를 내려고 틀린 선택을 한 적이 있나요?"

어떤 갈림길에서건 우리는 숱한 고민 속에 최선의 것이라고 생각되는 것을 고릅니다. 그러니 그것에 '후회'라거나 '실수'라는 이름을 붙이는 것은 온당치 가 않습니다. 어떤 결과를 초래했든 그것을 최선이 라 믿은 나의 선택이었으니까요.

그때 다른 선택을 하였더라면 어떻게 되었을까? 나

는 그저 그것이 '궁금'할 뿐입니다. 그러니 굳이 그것
에 다른 이름을 붙이자면 '후회'보다는 '깨달음'이라
고 해야겠지요.

특별한 인생

어느 날 멀쩡하게 잘 다니던 회사를 때려치우고 딱
일 년만 영화를 공부하고 싶다며 고민하던 친구가
물었습니다. "정말 이래도 되는 걸까?" 라고.
그래서 나는 대답했습니다.
백 년 중에 고작 일 년인데 뭐 어때.

자연의 순리와 인간의 순리

계절과 생명의 순환, 소멸과 탄생은 대자연의 소관
입니다. 세상의 모든 목숨들을 지배하는 절대적 순
리이므로 인간의 의지로 그에 어긋나는 선택을 할
수 없습니다.

'사람은 순리대로 살아야 하는 법'이라고 합니다. 만
일 그것이 인간 사회의 순리, 즉 타고난 운명을 받아
들이고 사회적 관습이나 규칙에 순응하며 살라는 의
미라면 나는 순리대로 살지 않겠습니다.

세상이 정해놓은 질서에 따라 하나뿐인 내 삶이 미
리 결정되는 것을 두고 보지 않겠습니다.

물이 흘러가는 대로 따라서 흘러가는 건 죽은 물고
기들뿐입니다.

 특별한 인생

할 건지, 말 건지

하나뿐인 삶을 열심히 살기 위해 사람들은 미래의 계획을 세우려고 노력합니다. 이 나이쯤 되면 이런 일을 해봐야지, 하는 큰 그림도 그려봅니다.

그리고 이제 그 나이가 되었지만 계획했던 일을 시작하지 못하고 내일로 미룹니다. 그 내일이 다시 어제가 되었는데도 나는 아직 그 일을 하지 못했습니다.

문제는 늘 내게 시간이 있다고 믿는 것입니다.

무슨 일이든 '하려고 노력하지' 마십시오.

내가 할 수 있는 선택은 그 일을 할 건지, 말 건지, 단 두 가지뿐입니다.

창의적으로 산다는 것

창의성이 각광을 받는 시대입니다.

누구나 창의적인 사람이 되고 싶어 하지만 창의적인 사람이 되는 법 5단계 같은 건 존재하지 않습니다.

예술가도 아닌 평범한 직장인에게 창의성이란 그저 위기 돌파용 꼼수를 만들어내는 순발력과 문화생활을 즐기기에 적당한 상상력이면 족하다고 생각한다면, 당신은 창의성을 지나치게 과대평가하는 반면 자신의 창의성은 지나치게 과소평가하고 있는 것입니다.

창의성이란 타고나야 하는 특별한 재능도, 무언가를 창조해내는 취미도 아닌, 어차피 인생이라는 긴 한 편의 드라마를 만들어내는 예술가로서 우리 모두가 저마다 선택해야 하는 삶의 방식입니다.

특별한 인생

창의석으로 산다는 것은 오늘은 무엇을 먹을지 결정하거나, 집안일을 하거나, 아내의 생일 선물을 살 때에도 어떻게 하면 더 즐거울 수 있을까를 고민하며 단조로운 일상을 나만의 스타일로 채워나가는 것입니다.

창의적으로 산다는 것은 산전수전 공중전을 다 겪은 나이가 되어서도 세상에 알고 싶은 것이 아직 수두룩한 것입니다.

창의적으로 산다는 것은 뚜껑을 닫지 않고 믹서기를 돌리는 것처럼 상상에 한계를 두지 않고 어디로 튈지 모르게 내버려두는 것입니다.

창의적으로 산다는 것은 다른 이들의 말에 귀를 기울이고 나와는 전혀 다른 그들의 경험과 생각을 받아들여 나의 세계를 진화시키는 밑거름으로 삼는 것입니다.

창의적으로 산다는 것은 현실의 온갖 걱정이 손발을 묶어도 호기심이 두려움을 이기는 것입니다.

인생의 목적은
목적이 있는 인생입니다.

나는 왜 사는가.
그런데 도무지 내가 왜 살아야 하는지에 대한 답을
찾을 수 없을 때에는 나의 열정이 무엇을 향하고 있
는지를 보면 됩니다. 종종 열정은 목적이 있는 곳으
로 당신을 안내하는 이정표가 되어줄 것입니다.

특별한 인생

모든 일에는 다 그만한 이유가 있는 것이니

당장에는 아무래도 이해가 가지 않는 일들이 나중에 뒤돌아 생각하면 그때 그래서 그랬구나, 하고 수긍이 가는 순간이 옵니다.

그러니 나는 지금 억지로 노력하지 않겠습니다. 그 대신 혼란 속에서도 걸음을 멈추지 않고, 눈물 속에서도 미소를 잃지 않을 것입니다. 모든 일의 이유를 언젠가는 깨달을 날이 올 테니까요.

산다는 건 카메라로 사진을 찍는 일과 같습니다. 중
요한 것에 포커스를 정확하게 잘 맞춰야 하고, 놓치
기 아까운 좋은 순간을 절묘하게 포착해내야 하고,
그렇게 뽑아낸 사진이 마음에 들지 않을 때에는 다
른 사진을 찍으면 됩니다.

특별한 인생

절제의 의미

절제란 변덕스러운 마음이 지금 이 순간 원하는 것
과 당신이 정말로 가장 원하는 것 사이에서 선택을
하는 것입니다.

불공평한 세상을 살아가는 법

내가 좋아하는 사람들이 다 날 좋아해주지는 않습니다. 그래도 나는 좋아하고 싶은 사람에게 좋아하는 마음을 다하겠습니다.

모든 사람들이 다 진실만을 말하지는 않습니다. 그래도 나는 내게 거짓말을 하는 사람조차 진실로 대하겠습니다.

세상일이라는 것이 다 공정할 리가 만무합니다. 그래도 나는 떳떳하게 승부를 겨루겠습니다.

매일매일이 다 좋을 수는 없습니다. 그렇지만 아무리 서러운 날이라도 24시간 1,440분 중 한 번은 무심하게 웃었던 순간이 있습니다.

좋은 날이든 좋지 않은 날이든 나는 모든 날들을 감사하겠습니다.

특별한 인생

나에 대한 이 어처구니없는 소문이 어디서부터 시작
되었는지 알 수 없습니다. 그러니 소문을 막을 방법
은 없습니다. 그리고 그 소문을 믿는 사람들의 마음
도 바꿀 도리가 없습니다. 소문이라는 것이 원래 남
의 험담을 즐기는 사람들이 만들어내고 퍼뜨리고 믿
는 것이므로 진실은 그들에게 별로 중요하지 않기
때문입니다.

내가 할 수 있는 일이란 그저 소문을 쑥덕거리는 것
말고는 인생에 달리 더 신나는 일이 없는 사람들을
가엾이 여길 수밖에요.

신은 내가 완전한 빈손이 되도록 내버려두지 않습니다. 늘 내가 잃은 것을 그만큼 채워줍니다.

만일 그가 힘들게 손에 쥔 것을 내놓으라고 요구한다면, 그것은 내가 그 손으로 더 훌륭한 것을 잡기를 바라기 때문입니다.

대학교 4학년, 졸업 후의 진로에 대해 한참 고민이 많았던 그때 나는 버스 정류장에 멍하니 서 있다가 타야 할 버스가 아닌 엉뚱한 버스에 덥석 올랐습니다. 그리고 한참을 가다가 '스톱' 버튼을 누르고 내렸습니다.

한 번도 와보지 않은 낯선 동네였습니다. 뭔가 작정한 것이 있었던 게 아니라 너무 머리가 복잡한 나머지 충동적으로 저지른 일이었습니다.

작은 가게들이 다닥다닥 붙어 있는 거리와 작은 골목길들, 아담한 집과 나무들이 있는 평범한 동네였습니다. 어디로 가면 되는지 알 수 없었고 굳이 가야 할 곳도 없었기에 어슬렁거리며 동네 구경을 했습니다. 허름한 가게에서 떡볶이를 먹으며 주인 할머니와 주거니 받거니 수다를 떨기도 하고, 골목 어귀에서 손수 만든 두부와 도토리묵을 팔던 아주머니에게 길을 묻다가 요구르트를 얻어 마시기도 했습니다.

그러다 문득 깨달았습니다. 하늘 아래 완벽하게 낯선 것은 없고, 완벽하게 길을 잃는 일도 없다는 걸 말입니다. 그러니 어디에 나를 내던져놓더라도 결국 나는 괜찮을 것입니다.

일 년에 한 번쯤은 한 번도 가보지 않은 낯선 곳에 가보세요. 지도를 들고 낯선 길을 찾아 헤매다 결국 길을 잃고 엉뚱한 곳으로 가게 되었을 때 낯선 마을에서 새로운 인연을 만나고, 낯선 사람들 속에서 미지의 삶을 경험하고, 낯선 감정들을 통해 이전에는 몰랐던 나를 발견하게 될 것입니다.

길을 잃어보지 않은 사람은 그 어떤 새로운 것도 찾아낼 수가 없습니다.

특별한 인생

'네 시작은 미약하였으나 나중은 심히 창대하리라'
라는 성경 구절이 있습니다.
시작이 창대할 필요는 없습니다. 그러나 무슨 일이
든 시작을 하기 위해서는 나의 마음이 창대하여야
합니다.

누구나 천둥번개를 품고 산다

어렸을 때에는 천둥번개가 치는 밤이면 하늘이 내가
잘못한 일을 다 알고 불호령을 내리는 것 같아 겁을
먹곤 했습니다.

그런데 나이를 먹고 나니 천둥번개가 치는 밤이면
어쩐지 마음이 차분해지면서 위로가 되곤 합니다.

아무리 위대한 대자연이라도 가끔은 나처럼 치밀어
오르는 울분에 소리를 지르며 악을 쓰고 싶은 순간
이 있다는 것을 알게 되었기 때문입니다.

특별한 인생

'기쁘게 해주리라'라는 고대 라틴어에서 온 '플라시보 효과'는 가짜 약이 환자의 병세를 호전시키는 현상을 말합니다.

인식을 바꾸는 순간, 나의 몸 안에서 일어나는 화학 작용이 이제와는 전혀 다른 법칙을 따르게 됩니다.

나이가 들면 가장 먼저 사라지는 궁금한 것들

어렸을 때 나는 궁금한 것이 참 많았습니다. 바다는 왜 파랄까? 하늘의 별들은 왜 반짝거릴까? 왜 시간은 앞으로만 흘러가는 걸까? 배가 고프면 왜 꼬르륵 소리가 나는 걸까? 작은 것 하나라도 나는 그 이유를 알고 싶었습니다.

그런데 시간이 흐르고 나이를 먹을수록 점점 '왜?'냐고 묻는 것을 잊고 삽니다. 왜 이렇게 열심히 공부를 해야 할까? 이것은 나에게 왜 의미가 있는 걸까? 나는 왜 이렇게 앞만 보며 달려가고 있는 걸까?

언제부턴가 이유를 묻기보다 정답을 앞서 준비하고 그것이 더 현명하고 나은 삶이라고 믿습니다. 그저 살아 있으니 살아감에 무슨 특별한 이유가 필요하냐고 합니다. 그러나 이유를 모른다면 어디서부터 그

답을 찾아야 할지 알 수 없습니다.

그래서 나는 '왜?'라는 질문을 멈추지 않을 것입니다. 아직 세상에는, 그리고 나의 삶에는 알고 싶은 것들이 많이 남아 있기 때문입니다. 그것은 굳이 훗날의 목표를 가다듬고 지금도 가뜩이나 힘든 나를 더 채찍질하기 위한 것이 아닙니다. 내가 찾은 사소한 이유 하나가 어떤 상황이 닥쳐도 나의 존재를 버틸 수 있게 해주는 의미가 되어줄 것이기 때문입니다.

특별한 존재

／

관
계
의

본
질

미련이 미련한 이유

옛날부터 습관처럼 무언가를 쉽게 버리지 못했습니다.
언젠가는 쓸 데가 있을 거야, 라는 생각에 필요 없는
물건들을 버리지 못했고, 내가 얼마나 아끼던 건데,
라는 생각에 더 이상 쓰지 않는 물건들도 버리지 못
했습니다. 그리고 고장 난 물건들은 고치면 되잖아,
라는 생각에 또 버리지 못했습니다. 살다 보니 이렇
게 움켜쥔 것들 때문에 아무리 정리를 해도 티가 나
지 않는 지경에 이르렀습니다. 내 머릿속도 마찬가
지입니다.
무언가를 쉽게 포기하지 않는 마음은 위대한 것이나
가끔은 깨끗하게 빈손으로 다시 시작하는 것이 더
나을 때도 있습니다.

특별한 존재

시간을 선물하는 사람

누군가가 나를 진심으로 생각하는지 아닌지를 알려면 상대가 나를 위해 얼마나 아낌없이 지갑을 여느냐가 아니라 나를 위해 시간을 얼마나 쓰느냐를 봐야 합니다.

시간이 날 때 나와 이야기를 나누는 친구보다 나와 이야기를 하기 위해 시간을 내어주는 친구가 나에게는 더 소중한 사람입니다.

시간은 남에게 내어줄 수 있는 가장 값진 것입니다. 그것은 다시는 돌려받을 길 없는 금쪽같은 내 삶의 한 조각을 내어주는 일이기 때문입니다.

손을 꼭 잡고 웃으며 산책을 즐기는 노부부를 보며
막 사랑을 시작한 커플은 우리도 저렇게 사랑하며
같이 늙어가자고 약속을 합니다.
그리고 각자 집으로 돌아온 뒤 저녁 식탁에서 사소
한 일로 말다툼을 벌이는 자신의 부모를 보며 나는
절대로 저렇게 살지는 않을 거라고 다짐합니다. 낮
에 봤던 노부부의 딸도 지금 이 순간 자신의 부모를
보며 나와 똑같은 생각을 하고 있다는 걸 까맣게 모
른 채 말이지요.

사랑은 좋은 날도 있고, 나쁜 날도 있고, 그저 그런
날도 있는 매일의 일상입니다. 그래서 나는 오히려
한창 불타는 사랑에 빠진 커플보다 날마다 입어서

내 몸과 한 몸이 된 것처럼 잘 맞지만 여기저기 날근
날근 삭은 데가 생긴 옷 같은 오래된 커플에게서 사
랑을 배웁니다.

시간 가는 줄 모르고 수다를 떨 때는 세상에 둘도 없
는 베스트 프렌드인 것처럼, 장난을 칠 때는 철없는
일곱 살짜리 애들처럼, 싸울 때는 성숙한 남편과 아
내처럼, 그리고 서로를 지켜줄 때는 목숨이라도 건
듯 막무가내로 내 편이 되어주는 오누이처럼, 달고
쓰고 짜고 신 삶의 순간을 함께 살아나가는 그런 사
랑 말입니다.

특별한 존재

마음도 배가 고프다

말보다 눈에 보이는 행동이 더 중요하다는 것을 모르는 사람이 있을까요? 그런데 어찌된 일인지 사람들은 번지르르한 말에 곧잘 속아 넘어가곤 합니다. 뻔히 알면서도 그런 입발림을 주워 삼키게 되는 것은 마음이 배 고프기 때문입니다.

그 사람에게 나는 세상에 하나뿐인 특별한 남자라고 생각했습니다. 그런데 매정하게 뒤돌아서는 그녀를 보니 나는 그저 세상의 반인 남자들 중 하나였을 뿐이었습니다.

그 사람에게 나는 두 번 다시 만나지 못할 특별한 여자라고 생각했습니다. 그런데 내 삶에서 멀어지는 그를 보니 그는 그저 세상의 반인 여자들 중 하나였을 뿐이었습니다.

누군가에게 세상에서 가장 특별한 존재였다가 어느 순간 남보다 못한 존재가 되는 것처럼 괴로운 일은 없습니다. 세상에서 가장 시시하고 못난 사람이 된 것처럼 나의 자존감이 바닥을 치고 우울한 마음의 균열을 메꿔보려고 일탈과 방황을 하게 됩니다. 그

특별한 존재

러나 빛을 잃은 것은 사랑이지 내가 아닙니다.

내가 그 누구보다 먼저, 더 깊이 사랑해야 할 사람은 나입니다. 사랑은 단 한번만 오지는 않지만 내 삶은 단 한 번뿐이고, 사랑하는 사람을 버릴 수는 있어도 살아 있는 한 절대로 버릴 수 없는 단 한 사람은 바로 나이니까요.

미안해라는 말

인간관계에서 잘 쓰면 더없는 약이 되고, 못 쓰면 더 없는 독이 되는 말 중의 하나가 '미안해'입니다.

그런데 사람들은 이 짧은 말 한 마디에 갈수록 인색해져만 갑니다. 사과를 한다는 것은 내가 틀렸고 네가 옳다는 뜻이 아닙니다. 내 자존심보다 우리의 관계가 내게 더 소중하다는 의미입니다.

특별한 존재

울고 싶을 때 나를 웃게 해주지는 못해도 기꺼이 같이 울어주는 사람.

화가 났을 때 다른 사람들은 그만 진정하라고 달래는데 내 마음을 상하게 만든 그 싹퉁머리 없는 것들을 응징하겠다고 나보다 더 화를 내며 소매를 걷어붙이는 사람.

나조차 나를 믿지 못해 우울할 때 나 대신 날 믿어주는 사람.

어려운 문제에 부딪쳐 좌절했을 때 대신 해결해주지는 못해도 결코 나 혼자 그 문제 앞에서 떨고 있도록 내버려두지 않는 사람.

구겨진 종이

믿음이란 종이와 같아서 한 번 구겨지면 절대 원래의 완벽한 상태로 되돌아갈 수 없습니다.

만일 당신이 나와 또 다른 사람 중 누구를 택해야 할지 망설이고 있다면 절대로 나를 선택하지는 말기 바랍니다.

만일 내가 당신에게 진정 특별하고 소중한 존재였다면 당신에게 두 번째 선택이 생기는 일도, 그 선택에 흔들리는 일도 없었을 테니까요.

특별한 존재

심장과 머리가 따로 존재하는 이유

심장과 머리가 따로 존재하는 데에는 그만한 이유가
있습니다.
그래서 우리가 머릿속에 있는 말을 할 때에는 마치
피도 눈물도 없는 무정한 사람처럼, 마음이 시키는
일을 할 때에는 마치 아무런 생각 없이 무작정 달려
드는 사람처럼 보이는 것입니다.

가짜에 낭비할 시간은 없다

혼자 있는 시간이 귀할 정도로 친구들이 넘쳤던 시절도 있었지만 나이가 들수록 인간관계가 점점 좁아집니다. 내가 속이 좁아져서가 아니라 나이를 먹은 만큼 까다로워졌기 때문입니다. 아무나 만나기에는 내게 남은 시간이 많이 줄어들었기 때문입니다.

그러니 십 원짜리 동전 백 개보다는 오백 원짜리 동전 두 개를 택하겠습니다.

특별한 존재

'월요일' 같은 사람

나는 굳이 당신을 미워한다고 말하지 않겠습니다.
당신에 대한 나의 미움을 정의하고, 당신에게 미움
을 품은 나를 다독이느라 에너지를 허비하지 않겠습
니다.
당신은 어차피 지나갈 내 인생의 '월요일' 같은 사람
입니다.

당신과 나의 소통에 있어 가장 큰 걸림돌은 서로를
이해하기 위해 귀를 기울이는 것이 아니라 상대방의
대답을 듣기 위해 귀를 기울이는 것입니다.

특별한 존재

내가 유혹에 흔들릴 수 없는 이유

세상에는 더 멋진 사람이 분명히 있습니다. 더 지적이고, 더 착하고, 더 아름답고, 더 배려심이 넘치고, 더 똑똑하고, 더 부유한 사람이 눈에 들어옵니다. 인생이란 언제나 유혹이 끊이지 않는 법입니다.

그러나 거기에 마음이 흔들려서는 안 됩니다. 나보다 더 멋진 사람이 분명히 있는데도 그 사람은 나를 선택해주었으니까요.

당신이 있는 곳

정든 우리 동네와 익숙한 나의 집은 이사를 하고 나
면 그뿐입니다. 낯선 동네가 다시 '우리 동네'가 되고
낯선 집이 다시 '나의 집'이 됩니다.
그러나 그곳 하나만큼은 언제나 똑같습니다. 얼마나
오래, 얼마나 멀리 떠나 있어도 언제든 내가 되돌아
가야 할 자리. 생각하는 것만으로 마음이 편해지는
곳. 언제나 변함없는 안식과 위로를 주는 바로 '당신
이 있는 곳'입니다.

특별한 존재

사랑과 열정에 대한 심각한 오해

사랑은 눈 뜬 장님이라고 하지만 나는 그 말에 동의할
수 없습니다. 진짜 눈 뜬 장님은 순간의 열정입니다.
순식간에 불타오른 열정은 깨지기 쉬운 유리와 같아
서 눈을 가리고 있던 열기가 가시고 불안한 삶이 눈
에 들어오면 산산조각이 나기 쉽습니다.

그렇지만 사랑은 모든 것을 보고도 받아들이는 것입
니다. 나쁜 버릇과 옳지 못한 태도와 흠들을 보고 함
께 해결할 방법을 찾고, 두려움과 불안을 인식하고
편안한 위로를 건네며, 어려운 고비와 고통스러운
시간들을 함께 헤쳐 나갑니다.

그렇게 진정한 사랑이란, 두 명의 불완전한 인간이
끝까지 서로를 포기하지 않는 것입니다.

애써 심은 꽃이 싱싱하게 자라거나 탐스러운 꽃망울
을 맺지 못하면 흙을 갈아주거나, 햇볕에 내어놓거
나, 적당한 비료를 줍니다.
꽃이 피지 않으면 꽃이 자라는 환경을 바꾸어주지
꽃을 바꾸지는 않습니다.

모른다가 아니라 몰랐다

누군가 나 때문에 상처를 받았다고 한다면
나는 당신에게 아무 짓도 한 적이 없노라고,
그러니 내가 상처를 주었을 리가 없지 않느냐고 얘
기할 수 없습니다.
그것은 내가 결정할 문제가 아니기 때문입니다.

특별한 존재

살면서 가장 힘든 순간은 그만 돌아서서 떠나야 할지, 아니면 한 번 더 노력해볼지 결정을 내려야 할 때입니다.

한참 읽어온 책을 이대로 계속 읽을지 아니면 그만 책장을 덮을지는 이제껏 읽은 내용이 얼마나 내 마음에 들었는지가 좌우하는 것처럼, 지나온 시간 동안 최선을 다하였다면 그 순간 망설임 없이 결정을 내릴 수 있을 것입니다.

그러나 그게 아니라면 주저하며 결정을 미루게 됩니다. 혹시라도 후회를 하게 될까 봐 불안해하며 좀 더 열심히 해보자고 마음을 먹는 것입니다. 그리고 다시 결정의 순간이 닥쳐오면 또 처음으로 되돌아갑니다. 아직 최선을 다한 것이 아니기 때문입니다. 그렇게 도돌이표처럼 똑같은 과정만을 반복하다 보면 그만 돌아서서 떠날 기회도, 책을 덮고 새로운 책을 시작할 기회도 영영 잃게 되고 맙니다.

우리가 사소한 인연이나 작은 일에조차 늘 최선을 다해야 하는 이유는 바로 그런 결정적인 순간에 마음의 짐을 덜기 위해서입니다.

특별한 존재

공짜 세입자

사람의 마음속에는 여러 개의 방이 있습니다.

집주인이 세입자에게 마음을 쓰는 것은 당연한 일이고, 마음을 소모하는 일에 흔들리게 되는 것도 당연합니다.

그러니 월세도 받지 못하는 방에 사람을 들일 때에는 공짜로 이런 일들을 겪어도 좋을 만한 사람이어야 하겠지요.

나는 내게서 나쁜 점 백 가지보다 좋은 점 한 가지를
찾아내줄 사람이 필요한 것이 아닙니다.
나쁜 점 백 가지를 보고서도 나를 원하는 그런 사람
이 필요한 것입니다.

특별한 존재

내가 그립다면 그 사람은 나의 목소리라도 듣기 위해
전화를 할 것입니다. 내가 간절히 필요하다면 그 사
람은 나에게 그 마음을 털어놓지 않고는 못 배길 것
입니다. 나에 대한 생각을 도저히 멈출 수가 없다면
그 사람은 나를 보기 위해 무슨 짓이든 할 것입니다.
내가 그의 모든 것이라면 그 사람은 나와 함께하기
위해 그 무엇과도 싸울 준비가 되어 있을 것입니다.
만일 그 사람이 아무 것도 하지 않는다면 그것은 내
가 그만한 가치가 없기 때문입니다. 그러니 그 사람
은 나에게도 시간 낭비일 뿐입니다. 많은 시간과 노
력을 들이고 나서 그 사람이 단 일 초의 가치도 없는
사람임을 스스로 증명하는 꼴을 굳이 지켜볼 필요는
없습니다.

상처를 보상하는 방법

사람은 누구나 서로에게 크든 작든 상처를 주게 마련입니다.

그런데 상처를 주었음을 알고 미안해하며 당신이 받은 아픔을 보상해주기 위해 노력하는 사람이 있는가 하면, 그저 '미안해.' 한 마디면 충분하다고 생각하는 사람이 있습니다.

어느 쪽이 상처를 참아줄 만한 가치가 있는 사람일까요.

특별한 존재

그래, 나 변했어

주위 사람들이 어느 날 나에게 "너, 변한 것 같아."라는 말을 합니다. 나는 그저 다른 사람들이 내게 원하는 대로 사는 일을 그만두었을 뿐입니다.

나는 이제 더 이상 박수를 받기 위해 일을 하지 않을 것입니다. 대신 나에게 의미가 있는 일을 하겠습니다. 나는 이제 더 이상 누군가를 감동시키기 위해 살지 않을 것입니다. 대신 눈치 보지 않고 나를 표현하는 데 충실하겠습니다.

나는 이제 더 이상 나의 존재를 각인시키기 위해 분투하지 않을 것입니다. 대신 나의 부재가 어떤 것인지 알게 해주겠습니다.

때를 기다리지 말라

나는 더 이상 금요일을 기다리지 않고, 여름을 기다리지 않고, 누군가 나를 사랑해주기를 기다리지 않습니다.

월요일부터 목요일까지 매일을 금요일처럼 살고, 모든 계절을 여름처럼 즐기며, 누군가 나를 사랑해주지 않아도 내가 나를 뜨겁게 사랑하기에 행복합니다.

모든 일에는 다 때가 있는 법이라고 하지만 나는 그 '때'가 오기를 기다리지 않을 것입니다.

기다림의 시간 역시 나에게는 다시 되돌릴 수 없는 소중한 시간이기에 오늘이 어떤 날이든 나는 오늘을 살아야겠습니다. '때'라는 것이 정말로 있다면 나는 오늘을 그 '때'라고 생각하겠습니다.

특별한 존재

끊임없이 나를 못살게 구는 사람이 주위에 있다면
어째서 저 사람은 지치지도 않고 나를 괴롭히는 것
일까, 의문을 갖는 대신 어째서 나는 지치지도 않고
저 사람이 내게 상처를 주도록 내버려두고 있는 것
일까, 스스로에게 물어보세요.

특별한 서재

나의 벗, 나의 스승, 그리고 나의 우주

내 삶의 영향력은 내가 만들고,

나만의 특별한 서재는 각자가 꾸미는 것입니다.

너는 너만의 특별한 서재,

나는 나만의 특별한 서재를.

내 책꽂이에는 내 인생의 화두가 꽂혀 있습니다.

서재는 내 생각의 궤적입니다.

내 노트는 나의 기록이고,

내 삶의 역사입니다.

특별한 서재

지금이야말로 굳어 있는 손가락 마디와 마음을 풀어
가며 무언가를 쓰고 읽어야 합니다.
책을 통하여 삶을 통찰하고,
이제 나의 선택으로 다시 태어날 때입니다.
더는 가난하지 않게,
나의 영혼과 정신을 채우고,
진정한 행복을 배울 시간입니다.

신이 나의 책을 덮기 전까지

나의 인생은 내가 쓰는 책입니다. 그러니 다른 누가
내 대신 쓰도록 내버려둘 수 없습니다.

마음 내키는 대로 수정과 편집을 반복할 권리도 내
게 있는 것이니 가다가 내용이 엉뚱한 곳으로 튀고
간혹 어처구니없이 틀린 데가 나온다고 해서 그 누
구에게 사과하지도 않을 것입니다.

이야기를 고쳐 쓸 기회는 얼마든지 남아 있습니다.

이미 많은 날들을 채워버렸지만 신이 나의 책을 덮
기까지 나의 책은 끝난 게 아니기 때문입니다.

그렇지만 이미 나의 책은 결말이 난 것이나 마찬가
지라고 생각하여 믿음을 잃는다면 그 순간이 나의
책의 마지막 페이지가 될지도 모릅니다.

우리는 저마다 우물 안의 개구리입니다. 눈을 가리고 생각의 한계를 긋는 벽이 우리를 둘러싸고 있습니다. 아는 만큼 보이고, 보는 만큼 생각하게 되는 법입니다.

나는 책을 한 권씩 읽을 때마다 그것들을 발밑에 차곡차곡 쌓아올립니다. 시간과 공간을 넘나드는 지혜의 말들과 수많은 삶의 경험들이 발판이 되어 어느새 나는 드넓은 담 밖의 세상을 볼 수 있게 되었습니다. 그러나 아무 것도 밟고 올라설 것이 없다면 이 좁은 우물이 나의 세상의 전부가 되고 말테지요.

내가 책을 사는 이유

한 번 읽고 나면 그만인 책을 책꽂이에 꽂아둬야 하는 이유가 있습니다.

오늘 그 책을 읽은 나와 일 년 후 그 책을 읽는 나는 전혀 다른 사람이기 때문입니다.

만일 오늘 그 책을 읽고 난 뒤의 느낌과 일 년 후 그 책을 읽고 난 뒤의 느낌이 똑같다면 뭔가 잘못 살고 있다는 증거입니다.

특별한 서재

사귐이라는 것은 새로운 사람을 만나고 그 사람이 살아온 생을 이해하고 앞으로 살아갈 생을 함께 나누는, 긴 시간과 노력을 들여야 하는 과정입니다. 그래서 섣불리 시작하다가, 혹은 서둘러 끝내다가 가슴팍에 무수한 생채기를 남기기도 합니다.

서점의 책꽂이 앞에 서면 다양한 인물이 나를 자신의 생으로 초대합니다. 책이 좋은 점은 그들의 생의 시작과 끝을 다 알게 되기까지 시간이 얼마 걸리지 않는다는 겁니다. 상처받지 않고 삶과 사람을 배우는 데에 이만한 방법이 없습니다.

알파고 백 대를 이길 수 있는 방법

인공지능의 시대가 눈앞으로 다가왔습니다. 인간이 컴퓨터의 지능을 뛰어넘는 것은 불가능하다고 해도 알파고가 사람을 절대로 이길 수 없는 것이 있습니다. 독서 토론을 벌이는 겁니다.

알파고가 이름난 비평가들의 이론을 인용하며 책 속에 담긴 의미를 분석해낼 때 나는 책을 읽으면서 머릿속으로 마음껏 상상의 나래를 펼쳤던 이야기를 들려줄 것입니다.

컴퓨터가 나를 대신해서 생각을 할 수는 있지만 나의 상상력은 나만이 펼칠 수 있습니다.

특별한 서재

어릴 적 나의 최고 놀이터는 아빠의 서재였습니다.
아빠의 서재에는 3, 28, 42처럼 들쭉날쭉한 번호가
붙은 문고판 소설책부터 저자의 국적도 시대도 분야
도 제각각인 온갖 책이 무질서하게 꽂혀 있었습니다.
백과사전부터 위인전까지 무엇이든 '전집'으로 사는
것이 유행이던 시절, 아빠는 '내가 읽을 책을 까다롭
게 고르는 일의 신성함'을 가르쳐주었습니다.
그리고 '그 사람을 알려면 그 사람의 책꽂이를 보면
된다.'고 했습니다. 나의 서재는 민낯의 자화상과 같
기 때문입니다. 내가 먹는 것이 나의 몸을 그대로 보
여주듯, 내가 읽는 것이 나의 정신을 그대로 보여줍
니다.

아이에게 물고기를 주는 게 아니라 물고기를 잡는 법을 가르쳐야 한다고 합니다. 아이들에게 필요한 것은 무엇을 생각해야 하는지가 아니라 어떻게 생각해야 하는지를 가르치는 스승입니다.

나는 나의 아이가 스스로 책 속에서 길을 찾아나갔으면 좋겠습니다. 그래서 조금씩 자신만의 서재를 가꿀 줄 아는 어른이 되었으면 좋겠습니다.

특별한 서재

책이야말로 인간이 마법을 부릴 수 있다는 증거입니다. 『나니아의 옷장』처럼 책은 또 다른 세계로 향하는 문을 열어줍니다. 그 안에서 나는 전혀 다른 사람의 시간을 살아갑니다.

때로 나는 파란만장한 운명의 18세기 백작부인이 되기도 하고, 화성 탐사선에 오른 우주비행사가 되기도 하고, 거친 폭풍우 속에 내던져진 선원이 되기도 하고, 탐욕에 눈이 멀었다가 비극을 겪고 비탄에 빠진 늙은 아비가 되기도 합니다.

그래서 정말로 마음에 드는 책일수록 도저히 단숨에 읽을 수가 없습니다. 책을 읽는 동안 수많은 등장인물들의 삶을 하나하나 다 살아보려면 너무나 피곤하기 때문입니다.

책을 읽는 사람은 죽기 전까지 수천 개의 인생을 살 수 있지만, 책을 읽지 않는다면 내가 아는 삶은 단 하나뿐입니다.

특별한 서재

책을 들고 다니면 좋은 점

지하철을 타거나 누군가를 기다리는 자투리 시간 동안 우리는 전화기를 들여다보며 게임을 하고 동영상을 보고 인터넷 검색을 합니다. 하루 일과 중에 잠시 빈틈이 생겨도 PC방이나 만화방, 영화관 등 혼자 시간을 보낼 거리는 차고 넘칩니다. 그렇지만 그중에서도 가장 완벽한 놀 거리를 꼽으라면 뭐니 뭐니 해도 책입니다.

책은 중간 중간에 쓸데없는 광고가 튀어나와 나의 몰입을 방해하지 않습니다. 책은 아무리 오랜 시간 동안 가지고 놀아도 배터리를 충전할 필요가 없습니다. 책은 시간 단위로 돈을 낼 필요 없이 내가 원하는 만큼 오래 즐길 수 있습니다.

책은 등장인물의 멋진 외모와 스타일로 나를 유혹하

지 않습니다. 나는 그들의 생각과 말, 마음 씀씀이를
보고 사랑에 빠집니다.

그런데 어째서 사람들은 늘 책을 들고 다니지 않는
걸까요? 어떤 이들은 책이 무거워서 가지고 다니기
가 힘들다고 합니다.

그렇지만 책이 무거운 건 당연합니다. 그 안에 하나
의 세계가 들어 있기 때문입니다.

특별한 서재

종이책과 전자책의 차이

오래된 책은 묵을수록 나무로 된 제지의 화합물이 분해되면서 기분 좋은 향이 나지만 오래된 전자책은 자주 고장이 납니다.

오래된 책은 다시 펼쳤을 때 가끔 옛날에 끼워놓았던 꽃잎이나 단풍잎을 발견하곤 하지만 전자책에는 추억을 끼워 넣을 데가 없습니다.

오래된 책에는 책을 읽다 엎지른 커피와 슬픈 장면에서 남몰래 떨구었던 눈물방울이 지워지지 않는 얼룩으로 남아 있지만 전자책에 커피와 눈물이 묻으면 허둥거리며 닦아내야 합니다.

작심삼일 作心三日 이어서는 안 돼

새해가 다가오면 습관처럼 내년에는 좀 다르게 살아 보자고 마음을 먹습니다. 그리고 몇 가지 규칙을 정합니다.

운동을 하자, 다이어트를 하자, 담배를 끊자, 영어 공부를 하자, 그리고 자주 결심하는 것 중 하나가 책을 읽자, 입니다.

다섯 살부터 일주일에 한 권씩 책을 읽는 습관을 시작한 사람이 여든 살까지 산다고 하면 평생 삼천 구백 권의 책을 읽을 수 있습니다.

지금 세상에 나와 있는 책들의 1퍼센트의 십분의 일쯤 되는 양입니다.

특별한 서재

책이 처음으로 가르쳐준 것

어릴 적 처음 책이라는 것을 읽기 시작했을 때 책이
내게 맨 처음 가르쳐준 것은 착한 사람만이 복을 받
는다는 것도, 용감한 사람만이 원하는 것을 얻는다
는 것도, 불굴의 인내만이 훌륭한 사람을 만들어낸
다는 것도 아닌, 혼자 있는 법이었습니다. 온전히 무
언가에 집중하며 혼자 있는 시간의 행복이었습니다.
내 방 책상 앞에 홀로 앉아 17세기의 소설가나 20세
기 초의 정치가와 대화를 나눌 수 있는 유일한 방법
은 책뿐입니다.

마음의 숫돌

무뎌진 칼날을 벼리기 위해서 숫돌이 필요하듯, 뒤엉킨 마음을 가다듬기 위해서는 책이 필요합니다.

특별한 서재

바에서 마음에 드는 여자를 발견한 남자는 시답잖은
농담을 건넵니다.

"이것도 인연인데 제가 한 잔 사드릴까요?"

바가 아니라 서점으로 간 남자는 우연히 자신이 좋
아하는 책을 흥미로운 눈으로 들여다보고 있는 한
여자를 발견합니다. 그래서 그녀에게 다가가 나도
좋아하는 책이라며 슬쩍 말을 걸어봅니다.

"이것도 인연인데 제가 그 책 사드릴까요?"

성공의 확률이야 모두 반반일 테지만 서점에서의 작
업에는 한 가지 큰 이점이 있습니다.

내가 누군가에게 좋은 책을 추천해주는 것처럼 책이
내게 좋은 사람을 추천해주는 곳이기 때문입니다.

내 인생의 책

세상에는 두 가지 종류의 책이 있습니다.

내가 읽은 책과 내가 읽지 않은 책.

당신에게는 인생을 바꿔놓은 책 한 권이 있습니까?

만일 아무리 곰곰이 생각해봐도 떠오르는 책이 없다

면, 지금 당장 일어나서 서점으로 달려가세요.

특별한 서재

도피^{逃避}가 아닌 탈피^{脫皮}

골치 아픈 현실로부터 도망치기 위해 책을 읽기도
합니다. 책 속의 세계에 빠져 있으면 잠시나마 현실
을 잊을 수 있으니까요.

책을 내려놓는 순간 다시 돌아온 현실은 변한 게 없
습니다.

그러나 내가 변했습니다. 마치 이미 몇 개의 생을 살
고 다시 태어난 사람처럼, 나는 조금 깊어진 눈으로
세상을 봅니다.

가장 싸게 휴가를 보내는 방법

나의 통장 잔고로는 올해 휴가도 동네를 벗어나기가
어려울 것 같습니다.

그렇지만 남들처럼 방콕의 리조트나 유럽의 유서 깊
은 도시로 멋지게 훌훌 떠나지 못한다고 해서 절망
하지는 않을 겁니다. 그 대신 내게는 도서관이 있으
니까요.

비밀의 베일에 싸인 은하계 밖으로 우주탐사를 떠나
거나, 마법의 세계에서 일곱 왕국을 누비는 긴 여행을
하거나, 좀 게을러지고 싶을 때에는 18세기 살롱에서
몽테스키외와 볼테르와 함께 진실에 대한 토론을 한
바탕 벌일 수도 있습니다. 물론 공짜로 말이죠.

특별한 서재

완벽하게 외로워서 더 완벽한 시간

만남의 약속이 취소되고, 비가 추적추적 내리는 밤.
나는 차 한 잔을 끓이고, 제일 좋아하는 낡은 잠옷을
골라 입습니다. 메신저와 SNS에 신경을 끄고 아예
스마트폰을 무음 모드로 바꿔놓은 채 조용한 음악을
틉니다. 그리고 벌써 몇 달째 책장에 꽂아두기만 했
던 책 한 권을 들고 침대 위 이불 속을 굴처럼 파고
듭니다. 오늘의 운동은 팔이 저릴 때까지 책을 읽는
것으로 대신할까 합니다.

오롯이 나 혼자인 공간 속에서 외로운 불안을 쌓는
대신, 나는 되레 마음이 편안해집니다. 우리는 가는
곳마다 관계의 고리들을 끌고 다니며 다른 이의 무
언가와 내가 늘 닿아 있다는 것을 확인하며 안도합
니다.

특별한 서재

그러나 완벽하게 혼자인 그 밤, 나는 그 고리들이 얼
마나 무거운 것이었는지를 깨닫습니다. 그리고 우리
에서 풀려난 짐승처럼 책 속을 어슬렁거리며 중얼거
립니다.

"아, 너무나 완벽하다."

당신은 방금 내 인생의 한 챕터 안으로 걸어 들어왔을 뿐입니다.
그러니 겨우 그 챕터 하나를 둘러보고 내 인생이라는 책 전체를 판단하지는 말아주세요.

너만 그런 게 아니야

"너도 그래? 난 나만 그런 줄 알았는데."라는 말을 하게 되는 순간, 누군가와 친구가 됩니다.
그런 기회가 가장 빈번하게 찾아올 때가 책을 읽을 때입니다. 이런 생각을 한 사람이 세상에 나 혼자만은 아니라는 것을 책은 자주 확인시켜줍니다.

누구도 빼앗아갈 수 없어

돈은 있다가도 없는 것.

사랑도 머물다 떠나면 그뿐인 것.

명예도 한껏 펄럭이다 추락하면 더러워지는 것.

명성도 뜨겁다 식으면 잊히는 것.

그러나 한 번 가지면 절대 사라지지 않는 것이 있으
니, 바로 열심히 채워 넣은 당신의 머릿속 서재입니
다. 두고두고 당신에게 힘이 되어줄 그 재산은 그 누
구도 빼앗아갈 수 없습니다.

특별한 서재

네 안에 신비의 몫을 남겨두라

내가 처음 『아미엘의 일기』를 읽은 것은 고등학교 1학년 때였습니다. 아빠의 서가에 꽂혀 있던 수많은 책들 중에 이 책을 골라잡은 이유는 이미 전혜린의 일기의 광팬이었던 내 눈에 들어온 '일기'라는 제목 때문이었고, 앙리 프레데릭 아미엘이라는 저자가 남긴 저서라고는 일생 동안 쓴 이 일기 하나뿐이라는 사실을 알게 되었기 때문이었습니다.

"네 안에 신비의 몫을 남겨두라. 그렇게 언제까지 너 전체를 삽으로 낱낱이 파헤치지 말라…… 너의 마음 속에 기다리지 않은 손客을 위해 자리를 남겨 놓고 알지 못하는 신을 위해 제단을 쌓아라. 새가 너의 숲 사이에서 울더라도 길들이겠다고 급히 다가가지 말

라. 사랑이든 감정이든 무슨 새로운 것이 너의 깊은 안에 눈뜨기 시작했다고 생각되더라도 황급히 빛이나 시선을 보내지 말라."

인내심이 노루 꼬리만큼 짧아지고, 작은 일에도 가슴을 졸이고, 남보다 앞서기 위해 서두르고 재촉해야 살아지는 세상에서 나는 이 구절을 만트라처럼 외웁니다. 그의 일기는 지금도 나의 책꽂이의 상석을 차지하고 있습니다.

때로 책은 마음의 작은 위로가 되기도 하고, 귓가에 갈 길을 속삭여주는 작은 새가 되기도 하고, 지혜를 나누어주는 현자賢者가 되기도 합니다. 생전에 단 한 번도 누군가의 주목을 받아본 적이 없었던 고독한 철학자는 백 년의 세월을 넘어 나에게 미지의 가능성을 위해 조급함을 버리고 늘 마음속에 한 뼘의 빈 칸을 두고 사는 법을 가르쳐주었습니다.

올디스 벗 구디스
Oldies but goodies

친한 선배가 이사를 간다며 짐 정리를 도와달라고 부탁을 해왔습니다. 옷 짐이 제일 많겠거니 했는데 웬걸 책 상자가 끝도 없었습니다. 새 집에는 이미 천장까지 닿는 책장을 맞춰둔 상태였습니다. 평소에도 책을 좋아하는 것을 알고는 있었지만 그 정도일 줄은 정말 몰랐습니다. "그동안 번 돈은 다 서점에다 갖다 바쳤느냐"고 타박을 하다가, 나중에는 "좀 작작 사 모으라"고 잔소리를 하고, 결국에는 "다음에 이사 갈 때는 이 책장을 반으로 줄여놓지 않으면 나한테 전화도 걸지 말라"고 으름장을 놓았습니다.

책이란 게 한 번 읽고 다시 읽는다고 줄거리가 달라지는 것도 아니고, 읽고 나서 달리 쓸 데가 있는 것도 아닌데 뭘 그리 사대느냐고 했더니 그 선배는 책들이 오래된 친구 같다고 했습니다. 하루 종일 사람에 시달리고 일에 시달려서 쉬고 싶을 때 눈에 꽂히는 놈을 골라서 읽으면 익숙한 친구를 만나는 것처럼 편안하다는 겁니다.

오래 만나서 서로의 속내를 속속들이 아는 친구를 만나고 또 만나는 이유가 뭐겠습니까. 편안하기 때문입니다. 그리고 만날 때마다 이전에 미처 몰랐던 사소한 것들을 새롭게 발견하고 알아가는 재미도 있습니다.

사람이든 책이든 내가 지금 아는 것이 전부일 수 없습니다. 같은 사람을 두고두고 만나며 관계의 깊이를 더해가듯, 같은 책도 두고두고 읽으며 앎의 깊이를 더해가는 겁니다.

특별한 서재

책을 읽는 습관을 들이려면

뉴욕에서 산 적이 있는데 주말이면 친구들과 센트럴 파크나 동네 공원을 자주 찾곤 했습니다. 얇은 담요 하나와 간단한 먹을거리로 소풍가는 기분을 마음껏 낼 수 있었고, 잔디 위에 드러누워 한가로운 풍경을 바라보는 재미에 시간 가는 줄을 몰랐습니다. 그리고 하와이에도 산 적이 있었는데 주말이면 북적이는 바닷가로 사람 구경을 나갔습니다. 그런데 공원에서도 바닷가에서도 한 가지 공통점을 발견할 수 있었습니다. 핸드폰을 들여다보는 사람들보다 책을 읽는 사람들이 훨씬 많더라는 겁니다. 한국의 공공장소에서는 이제 거의 희귀해지다시피한 풍경이 아닐 수 없습니다.

작년 통계를 보면 한국의 어른 100명 중 일 년에 책을 한 권도 읽지 않는 사람이 무려 35명에 이른다고 합니다. '바빠서'가 제일 큰 이유였고, 그 다음이 '책을 읽는 습관이 되어 있지 않아서'였습니다. 그런데 한국인이 핸드폰을 들여다보는데 쓰는 시간은 무려 하루 평균 세 시간이라고 합니다. 그러니 어렵게 시간을 따로 낼 필요 없이 핸드폰에 바치는 시간의 3분의 1만 쪼개면 하루에 한 시간은 책을 읽을 수가 있다는 얘깁니다. 한 시간이 무리라면 단 세 쪽이라도 좋습니다.

조금 귀찮더라도, 재미가 없더라도, 싫증이 나더라도 그만두지 말고 매일 반복하다 보면 무엇이든 습관이 들게 마련입니다. 독서 습관은 유명 기업가나 정치인, 학자들이 성공의 습관 중 으뜸으로 꼽는 것입니다. 그리고 당신이 모르는 사이에 야금야금 '어제의 나보다 좀 더 나은 나'가 되는 것은 덤입니다.

특별한 서재

나만의 특별한 서재와
눈을 맞추다

뉴욕 맨해튼 미드타운 한복판에 있는 스타벅스에는 그날도 여지없이 긴 줄이 늘어서 있었습니다. 기다림에 지쳐 뒤를 돌아 나가려다가 한 사람과 우연히 눈이 마주쳤습니다. 나의 남편과의 특별한 인연이 시작된 건 바로 그 찰나의 순간이었습니다. 생면부지의 두 사람이 서로의 눈을 바라보게 될 확률이 몇 퍼센트나 될까요? 그리고 이 지구상 수십 억 사람들 중에서 하필이면 그가 나와 매일 아침을 함께 맞이하는 사람이 될 확률은 또 몇 퍼센트나 될까요?

'눈길'이 마주 얽히는 것에는 '손길'이 마주 닿는 것보다 더한 내밀함이 담겨 있습니다. 그 순간에 말로는 표현할 수 없는 그 어떤 우주의 힘이 두 생^{生}의 길을 슬쩍 이어놓기 때문입니다. 돌이켜보면 내 인생에 있어 특별한 것들은 나와 '눈을 마주친' 것들입니다. 그것이 사람이든 동물이든 아끼는 물건이든 책이든 눈길이 닿은 후에 특별한 인연이 되었습니다. 그러한 우연이 그저 사소하게 오지는 않은 것 같습니다. 그리고 눈을 마주친 후에는 시간을 들여 찬찬히 들여다보아야 합니다. 그렇게 오래 '눈을 맞추어' 보아야 비로소 그것들이 내게 얼마나 특별한가를 깨닫게 되고, 그것들이 내게 가진 의미를 꿰뚫어볼 수 있게 됩니다.

'나'라고 예외가 아닙니다. 다른 이가 나를 어떻게 바라봐주느냐가 아니라 내가 나를 어떻게 바라보느냐가 나를 결정합니다. '자존감'은 다른 누군가와 나를 비교하지 않습니다. 자존감은 나의 존재에 대한 자부심입니다. 실패가 쓰라리긴 해도 상처를 받지 않을 수 있는 것은 나는 꽤 괜찮은 사람이라고 믿기 때문입니다. 스스로 이런 자부심을 가질 만한 존재라는 것을 깨닫기 위해 나와도 '눈을 맞추고 바라보아야' 합니다.

'다시'가 불가능한 딱 한 번의 삶을 살고 있기에 지금 살고 있는 하루가, 나를 둘러싼 관계 하나하나가, 내가 이 순간 집어든 책 한 권이 내게는 특별합니다.

많은 분들의 감사한 수고로 만들어진 이 책이 독자 여러분이 이 넓은 세상에서 오직 한 사람 '특별한 존재'라는 자존감을 갖는데, 그리고 단 한 번뿐인 '특별한 인생'을 더욱 풍요롭게 만들어가는데 작지만 견고한 받침돌이 되었으면 좋겠습니다. '나의 살아온 기록'이자 '내 생각의 역사'가 될 여러분의 '특별한 서재'에 귀한 한 자리를 차지할 수 있었으면 좋겠습니다.

2017. 9.

김미나

눈을
맞추다

© 김미나, 2017

초판 1쇄 발행일 2017년 9월 29일
초판 2쇄 발행일 2017년 11월 27일

지은이 김미나
그 림 박지영
펴낸이 사태희
디자인 엄세희
마케팅 최금순
제작인 이승욱

펴낸곳 (주)특별한서재
출판등록 2017-000024호
주소 07400 서울시 영등포구 신길로119, 103-101
전화 02-3273-7878
팩스 0505-832-0042
이메일 specialbooks@naver.com

ISBN 979-11-961499-2-5 (03810)

* 잘못된 책은 교환해드립니다.
* 저자와의 협의하에 인지는 붙이지 않습니다.

이 도서의 국립중앙도서관 출판시도서목록(CIP)은 e-CIP 홈페이지(http://www.nl.go.kr/ecip)와
국가자료공동목록시스템(http://www.nl.go.kr/kolisnet)에서 이용하실 수 있습니다. (CIP2017024369)